SOURIS NOIRE

COLLECTION

DIRIGEE PAR

VIRGINIE LOU

Gudule

Mémé
est amoureuse !

**dessiné par
Véronique Deiss**

S y r o s

L a nouvelle est tombée comme un cheveu dans la soupe.

— Nous voilà bien ! s'est exclamé papa, au bord de l'apoplexie.

— Chaque année c'est pareil, a gémi maman, s'éventant avec son mouchoir.

Tonton Claude a tiré avec irritation quatre bouffées de son cigare, tandis que tante Marie ronchonnait :

— Dès que le printemps revient, on ne peut plus la tenir. À son âge, quelle honte !

Seule au milieu du brouhaha, Miquette reste silencieuse. En voilà des histoires pour une chose, somme toute, bien banale ! Mais personne ne lui demande son avis : une gamine n'a pas voix au chapitre, dans un conseil de famille.

— Et savez-vous qui est l'élu, cette fois ? éclate maman. Le facteur !

Indignation générale.

— Un godelureau d'à peine trente ans, vous vous rendez compte ?

Tandis que la discussion reprend, Miquette s'éclipse. Personne ne la remarque. Douze ans, maigrichonne à souhait, elle ne tient pas plus en place qu'une puce. Quatre à quatre, elle grimpe à l'étage et débouche en trombe dans la chambre de sa grand-mère.

Celle-ci est à sa table de toilette, auréolée d'un nuage de poudre de riz.

Mémé a été très jolie, dans sa jeunesse. Elle l'est encore, les années l'ayant juste rendue si fragile que rien qu'en l'embrassant on craint de la casser. Son visage de poupée rose et blanc, plein de rides joyeuses, est surplombé d'une tignasse mousseuse comme de la barbe à papa. Quand elle sourit, on dirait une fillette déguisée en vieille dame. Et puis, elle a la peau si douce...

Pour l'instant, il vaut mieux ne pas la déranger : elle transforme ses lèvres en un cœur parfait, à l'aide d'un crayon rouge fuchsia. Comme sa main tremble un peu, l'opération est périlleuse. Elle en vient néanmoins à bout.

— Bonjour, ma chérie ! s'écrie-t-elle, une fois maquillée.

Elle tend les bras à Miquette, qui s'y blottit.

— C'est vrai, mémé, que t'es amoureuse du facteur ?

— Oui, avoue mémé radieuse.

— Les parents n'ont pas l'air d'accord !

Mémé hausse les épaules avec une désinvolture signifiant clairement : de quoi se mêlent-ils, ces rabat-joie ?

— Il a les yeux myosotis, répond-elle d'une voix tranquille.

Conquise, Miquette félicite sa grand-mère et, puisqu'elles en sont aux confidences, en profite pour lui chuchoter qu'elle aussi a un petit ami.

— Quand il me prend la main, j'ai des

fourmis partout, confesse Miquette. Et toi ?

— Il ne m'a jamais pris la main, répond mémé avec regret.

— Dommage...

— Mais ça va peut-être s'arranger, s'empresse-t-elle d'ajouter. Je lui ai donné rendez-vous à minuit près de la fontaine.

Impossible de dormir. Il est onze heures passées, et Miquette se tourne et se retourne dans son lit à la recherche du sommeil. Une scène lui remplit la tête : éclairée par la lune, la place du village et sa fontaine en forme de poisson. À côté, penché sur une frêle silhouette féminine qui chavire, le facteur aux yeux bleus sourit. La chevelure de grand-mère luit doucement dans la nuit.

— Frédéric, je vous aime, murmure sa bouche en forme de cœur, réclamant un baiser.

Les douze coups de minuit, égrenés par l'horloge du salon, interrompent cette rêverie.

— J'y vais, décide Miquette, sautant sur ses pieds.

Elle s'habille, se glisse dehors en catimini, remonte la grand-rue déserte. Arrivée près de la place, elle s'embusque sous un porche et, tapie dans l'ombre, regarde.

La scène est bien telle qu'elle l'avait imaginée, à un détail près : le facteur, tout seul, fait les cent pas en consultant sa montre. Pas plus de mémé que de poils sur un caillou.

Une demi-heure passe, et le facteur finit par s'en aller.

Avec un peu d'hésitation, Miquette en fait autant. Arrivée à la maison, elle se glisse jusqu'à la chambre de sa grand-mère, sur la pointe de ses baskets. Elle tourne la poignée, mais la porte est fermée à clé.

— Oh, flûte ! râle Miquette.

Elle gratouille le panneau de bois, appelle

tout bas « mémé! mémé ! » Pour toute réponse,
un léger ronflement, bien normal à cette heure.
Rassurée mais déçue, Miquette retourne se cou-
cher. La belle histoire a tourné court. Franche-
ment, mémé, t'as pas assuré. Papa et maman
ont raison, ces galipettes ne sont plus de ton
âge. La prochaine fois que tu m'emmèneras sur
un nuage, je me méfierai, foi de Miquette !

L e lendemain matin, au petit déjeuner :

— Où est mémé ? s'étonne Miquette, devant sa place vide.

— Elle dort, répond maman, sans même lever la tête.

— Tiens ? D'habitude elle est levée la première. Elle est malade ?

Maman fait « non, non », mais ajoute :

— Nous lui avons donné du somnifère, hier soir.

Du somnifère ?!? Bon sang mais c'est bien sûr!

— Et vous l'avez enfermée ? s'insurge Miquette, prise d'un affreux soupçon.

— Elle est très nerveuse, en ce moment, explique calmement maman. Nous avons décidé de l'envoyer se reposer au grand air.

Miquette ouvre la bouche pour demander des explications, quand un coup de sonnette arrête son élan.

— Les voilà, annonce papa, se levant avec empressement.

Une ambulance est garée devant la porte. À travers les rideaux, on aperçoit son gyrophare qui tourne.

— Entrez, dit papa, introduisant deux bonshommes en blouse blanche. Elle est en haut, je vous précède.

Sans hésiter, Miquette se précipite, bouscule tout le monde, pénètre la première dans la chambre.

— Grand-mère ! Grand-mère ! appelle-

t-elle en courant vers le lit.

Mais grand-mère ne l'entend pas. Elle dort paisiblement, sa tête mousseuse posée bien droite sur l'oreiller, ses doigts menus agrippés à la couette comme des serres de canari.

Miquette sent les larmes lui monter :

— Vous l'avez droguée, elle va mourir... gémit-elle, pitoyable.

Papa a un bon rire serein :

— Pas du tout, grande sotte, nous nous sommes juste arrangés pour qu'elle ne se rende pas compte du départ, afin de lui éviter trop d'émotions.

Sous l'œil méfiant de Miquette, les infir-
miers déplient une civière, y déposent la vieille
dame, l'amènent dans l'ambulance. Dix minutes plus tard, tout est terminé.

— Une bonne chose de faite, se réjouit
maman, tandis que le bruit de la sirène s'estom-
pe dans le lointain.

— Un sacré souci en moins, renchérit
papa, se frottant les mains.

Soudain, Miquette sursaute : elle aperçoit le facteur qui fait sa tournée, dans la rue.

— Je vais chercher le courrier, s'empres-se-t-elle.

Comme elle déboule à cent à l'heure, le facteur (mémé a dit qu'il s'appelait Frédéric) se met à rire.

— Tu attends une lettre de ton boy-friend ? plaisante-t-il.

— Ils ont emmené ma grand-mère, mur-mure la fillette d'une voix rauque.

Le facteur lève un sourcil perplexe :

— Qui donc ?

— L'ambulance. On l'a enfermée par votre faute.

La foudre s'abattant aux pieds de Frédéric ne lui ferait pas plus d'effet :

— Par ma faute ?!??

— Ben oui... À cause de votre amour...

— Qu'est-ce que c'est que cette histoire ? Quel amour ?

— Vous n'êtes pas le chéri de ma grand-mère ?

— Jamais de la vie ! Qui t'a fourré cette connerie dans la tête ?

— Mais... elle, bien sûr. Même qu'elle avait rendez-vous avec vous la nuit dernière. D'ailleurs, vous êtes venu, je vous ai vu.

— C'était elle ? s'exclame Frédéric, éclatant d'un énorme rire. J'ai trouvé une lettre anonyme dans mon casier, à la poste : « Une admiratrice vous attendra à minuit près de la fontaine, ne lui brisez pas le cœur. » On ne refuse pas une invitation pareille !

— Vous ne vous doutiez pas qui l'avait écrite ?

— Bien entendu ! Surtout pas une vieille dame !

— Quand je pense que c'est pour ça qu'ils l'ont emprisonnée, s'effondre Miquette.

— Mais enfin, qui a emprisonné qui ?

— MES PARENTS ONT EXPÉDIÉ MÉMÉ DANS UNE MAISON DE RETRAITE POUR L'EMPÊCHER DE VOUS VOIR ! Et hier soir, ils l'ont bouclée dans sa chambre après l'avoir droguée pour pas qu'elle aille au rendez-vous.

Le facteur, qui a finalement compris, n'en revient pas :

— Mais... pourquoi ? À la rigueur, qu'on prenne ce genre de mesure avec une jeune fille, passe encore, mais une vieille dame, c'est ridicule !

— Peut-être qu'ils avaient peur qu'elle vous épouse ? suggère Miquette. Il y a plein de couples qui ont une grosse différence d'âge !

Le facteur fait la grimace : visiblement, l'idée lui déplaît.

— Dans ce cas-là, en général, le vieux partenaire est très riche !

— Eh bien, elle est riche, ma grand-mère! Mes parents et mon tonton font toujours des projets pour quand ils toucheront l'héritage !

Le visage de Frédéric s'éclaire :

— Tout s'explique !

— ...?

— Réfléchis : si ta grand-mère se remarie, elle fera un testament en faveur de son mari, et

tintin pour les héritiers. Voilà pourquoi ils ont la trouille ! Ce n'est pas sur la vertu de ta grand-mère qu'ils veillent, ni même sur sa santé, mais sur son pognon !

— C'est dégueulasse ! s'indigne Miquette. Ses sous, après tout, elle a bien le droit d'en faire ce qu'elle veut !

Dans son cerveau, les rouages à penser tournent à toute vitesse :

— Nous allons la délivrer et vous l'épouserez, comme ça ils ne pourront plus rien contre elle !

— Holà, tout doux, princesse ! Ta grand-mère n'est pas du tout mon style, je préfère les grandes brunes dans les vingt-cinq ans. En revanche, je veux bien te filer un coup de main. Jouer un tour à ces grippe-sous n'est pas pour me déplaire, et j'adore secourir les mamies en détresse.

Rassérénée, Miquette remercie chaleureusement.

— Si seulement je savais où ils l'ont emmenée, se morfond-elle.

— Le plus simple serait de le demander à tes parents.

— Pour leur mettre la puce à l'oreille ? Vous voulez tout faire rater ?

— Bon, moi, je continue ma tournée. Si tu as du nouveau, tu sais où me trouver.

Il s'éloigne d'un pas alerte. « Ce type-là m'aurait bien plu, comme pépé ! » regrette furtivement Miquette.

J'ai trouvé ! annonce Frédéric en brandissant une enveloppe où on peut lire : « Domaine de Bois-Joli, le paradis du troisième âge ».

Le « paradis du troisième âge » ? Une prison où la pauvre mémé se fane, comme une fleur privée de soleil...

— On y va ? propose Miquette, intrépide.

— Quand tu veux, on prendra ma moto.

— Ce soir, mes vieux vont au ciné, je serai seule à la maison. Tu passes me chercher ?

*

La nationale est bordée de champs et de prairies. À perte de vue, irisée par les rayons du couchant, s'étend une paisible campagne.

— Nous y sommes, annonce Frédéric tandis que s'allument les premiers réverbères.

À peine visible dans le crépuscule, le lieu est bien tel que Miquette le redoutait : une demeure sinistre masquée par de hauts arbres, dont un mur interdit l'accès.

— Brrr... frissonne-t-elle, on dirait un château hanté.

Frédéric est déjà sur le faîte du mur, et exhorte la fillette :

— À toi ! Prends ma main, je vais te tirer.

Tandis qu'elle se dresse sur la pointe des pieds, « hou ! hou ! » entend-on dans le noir.

— Qu'est-ce que c'est ?

— Une chouette, pas de panique. Allez, hop !

— Je pourrai jamais, gémit Miquette, les jambes en coton.

— Attends, je vais essayer de t'ouvrir.

Il se laisse glisser de l'autre côté, apparaît entre les barreaux. Grincement de gonds rouillés, envol d'oiseau effrayé par le bruit. La grille n'était même pas fermée !

Les voici dans la place, rampant vers le bâtiment. Autour d'eux, le parc, lugubre, plein de bruissements nocturnes et menaçants.

— J'ai peur, chuchote Miquette.

— Regarde, il y a une fenêtre ouverte au rez-de-chaussée.

Avant qu'elle n'ait eu le temps de protester, Miquette se retrouve hissée dans la pièce. Avec une souplesse de félin, le facteur la suit. Ils traversent à pas de loup une vaste cuisine, quand la fillette pousse un cri : « Là... »

Aux poutres du plafond, quelque chose (ou quelqu'un !) est pendu. On distingue une forme vague, comme un torse et des bras. Les restes d'un bébé.

— Des anthropophages... articule Miquette en grinçant des dents.

Frédéric sort son briquet de sa poche, l'approche de la dépouille.

— T'as vu trop de films d'horreur, princesse, ce n'est qu'un innocent jambon !

Ils parviennent à un grand escalier. Tandis qu'ils s'engagent, un cri affreux les fige sur place. Le sang de Miquette se glace dans ses veines.

— T'inquiète, murmure Frédéric, c'est quelqu'un qui fait un cauchemar. J'ai l'habitude : j'ai bossé comme veilleur de nuit dans un hôtel.

Ils empruntent un couloir, pourvu de nombreuses portes.

— Ta grand-mère est au 21, annonce Frédéric, consultant le tableau.

« 17... 19... 21... » Avec d'infinies précautions, Miquette entre. L'obscurité qui règne à l'intérieur ne lui dit rien qui vaille.

— Qui est là ? fait une voix chevrotante.

La lampe de chevet s'allume. « Miquette ? » s'étonne mémé, en se frottant les yeux.

— Grand-mère, ils ne t'ont pas fait de mal ? Comme je suis heureuse !

— Elle se tracassait pour vous, explique Frédéric, qui a gardé son sang-froid.

La vieille dame prend ses lunettes sur la table de nuit, les ajuste sur son nez :

— Tiens, c'est vous ? s'étonne-t-elle. Me direz-vous enfin ce que vous faites ici à cette heure, mes enfants ?

— On vient te délivrer, mémé, répond Miquette. Habille-toi, on va te tirer de là !

— Voyons, chérie, je suis très bien ici, je ne veux pas m'en aller !

— Tu n'es pas prisonnière ?

Miquette est si stupéfaite que, durant quelques minutes, elle ne trouve rien à dire. Elle en profite pour regarder autour d'elle. Papier peint bleu pâle, moquette blanche, bouquets, cette chambre n'a vraiment rien d'une cellule de prison !

— Puisque tout va bien, nous allons repartir, dit le facteur, mal à l'aise.

— Tatata ! Pas question ! Je veux d'abord vous présenter Charles !

— Qui est Charles ? demande Miquette.

Grand-mère devient couleur pivoine :

— Le directeur du centre et... mon fiancé.

— Comment ? Je croyais que tu étais amoureuse de Frédéric !

Toutes les rides de mémé ont l'air de rigoler.

— Oh, ça c'est de la vieille histoire, rou-coule-t-elle sur un ton coquin. Tu sais, Charles, je l'aime tellement que c'est comme si, avant lui, rien n'avait existé...

Vive la mariée ! clame un papy rhumatisant, levant son verre de champagne d'une main qui tremblote.

Mémé s'est donné un mal de chien pour être ravissante, et y a réussi. Blanche de la tête aux pieds, elle préside son repas de noces. À ses côtés, Charles, sexagénaire épanoui, la couve des yeux. Non loin, Miquette et Frédéric trinquent allégrement. Les seuls à ne pas partager la joie ambiante, c'est papa, maman, tonton Claude et tante Marie. Assis à l'écart, ils font grise mine.

Mémé se lève, s'éclaircit la voix, toussote :

— Mes amis, ce jour est le plus beau jour de ma vie. Afin que mon bonheur soit partagé par tous, j'ai pris quelques décisions dont je vais vous faire part.

Un tonnerre d'applaudissements. Tous les pensionnaires de Bois-Joli ont l'œil fixé sur elle.

— En deux mois dans le centre, j'ai pu constater qu'il y avait de graves problèmes : le toit fuit, la plomberie est usée...

— Hélas, nous manquons d'argent, l'interrompt Charles tristement.

Mémé prend son petit air coquin des grands jours :

— Plus maintenant, dit-elle. Je mets mon compte en banque dans la corbeille de mariage. Crédits illimités jusqu'à complète restauration.

— Chérie… est-ce possible ? bafouille Charles.

Il est si pâle que, durant un instant, on craint la crise cardiaque. Mais les bonnes nouvelles tuent rarement les gens.

Quand mémé est lancée, plus rien ne l'arrête :

— Je vais également faire construire une piscine, un court de tennis et un manège. Le sport conserve, c'est bien connu. Nous avons tout une vie de travail à rattraper, il est temps qu'on s'amuse !

Une immense ovation salue ces derniers mots.

— Mémé, t'es la meilleure ! braille Miquette en lui sautant au cou.

— Grand-mère, je vous aime, déclare Frédéric en tout bien tout honneur.

Tonton Claude, pour sa part, s'assombrit de plus en plus :

— Elle est folle à lier, maugrée-t-il.

— Nous n'aurions jamais dû la placer, geint maman, verte de rage. C'est encore pire qu'à la maison.

— Qu'allons-nous devenir ? se lamente tante Marie.

— Tu peux dire adieu à ta villa en bord de mer, lui lance papa, mauvais.

— Et toi à ta Ferrari !

Bien loin de ces aigreurs, Frédéric, galamment, s'incline devant grand-mère.

— Voulez-vous m'accorder cette danse ?

Une farandole se forme, commence à zig-zaguer entre les tables, puis se perd dans les profondeurs du parc. Couvrant le tumulte, mémé hurle à tue-tête :

— Et si, après tout ça, il me reste des sous, ce sera pour faire la fête !

— Ouaiiis ! approuve Miquette.

Elle cherche ses parents des yeux, les aperçoit se disputant, tout grimaçants de rancune. Alors elle se plante devant eux et déclare, avec toute la conviction dont elle est capable :

— Ma mémé est vraiment géniale !

Et, les attrapant par la main, elle les tire dans la farandole.

FIN

SOURIS NOIRE